KB091803

나도 그래

이종화 시집

초판 1쇄 인쇄일 2015년 08월 19일
초판 1쇄 발행일 2015년 08월 24일

사진·글 이종화
펴 낸 이 김양수
편집·디자인 육효주
교　정 장하나

펴낸곳 도서출판 맑은샘
출판등록 제2012-000035
주소 경기도 고양시 일산서구 중앙로 1456(주엽동) 서현프라자 604호
대표전화 031.906.5006 **팩스** 031.906.5079
이메일 okbook1234@naver.com
홈페이지 www.booksam.co.kr

ISBN 979-11-5778-067-9 (03810)

「이 도서의 국립중앙도서관 출판시도서목록(CIP)은 서지정보유통지원 시스템 홈페이지(http://seoji.nl.go.kr)와 국가자료공동목록시스템(http://www.nl.go.kr/kolisnet)에서 이용하실 수 있습니다.(CIP제어번호: CIP2015022832)」

*이 책은 제작비 일부를 충북문화재단에서 지원받았습니다.

이종화 시집

나도그래

시인의 말

렌즈에 들어온 사물이

기운 어깨 토닥이며

풋내 나는 글을

쏟아 냈다.

마음에

너라는 무지개

떴다.

2015년 여름 돌다리를 지나며

이 종 화

차 례

2부 살아 있어서 꽃이다

3부 한 줌의 힘

4부 마중

1부 나도 그래

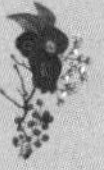

나도 그래

집으로 가는 길에 만난 강아지풀
고개 숙여 인사를 하네

땀에 젖은 발걸음
벅차 보인다며 말 걸어 오네

내 곁에는
아무도 없다고 느낄 때가 있고
나조차 나를
안아 주지 않을 때가 있다고

또 그렇게
힘없이 바람에 흔들리는 모양이
너와 내가 많이 닮았다고
나를 위로하네

*아마란타인

메마름과 한기의 이슬방울을 받아 먹으며 핀다
발갛게 달아오르는 온몸의 실핏줄이 터진다
회오리치며 불어오는 모래바람에 눈을 감는다

눈을 뜰 수도
숨이 차 움직일 수도 없는 꽃은

소리 없어도 들리는
보이지 않아도 보이는
꽃피우는 오롯한 이유였던 당신을 바라본다

사막 한복판에서

* 아마란타인 : '불멸의 사랑' 이라는 꽃말을 지닌 상상의 꽃

그해 사월 - 세월호 사건 1주기 -

사랑해
내 걱정하지 마요
고마웠어

생가슴 송곳으로 찔러 새겨진 말들이
진흙 속에 묻힌다

검은 바다에 비가 내리고
고이는 빗물 위로 꽃잎이 진다

어쩌다가 그 험한 데서
피지도 못하고 져야 하는 걸까

양지바른 세상 찾아 떠난 아이들을
가슴에 품고 주저앉은 사람들

아픈 가슴을 안아 주는 아픈 가슴으로
빈 가슴을 채워 주는 빈 가슴으로

견뎌온 통증의 봄이
다 잃고 홋배앓이 한다

어느 날 일기

시나 노래 기도도 마음 한자리 녹이지 못해
닫힌 가슴 쿵쿵거릴 때
누군가 내 어깨를 툭 건드리며
힘들지? 불쑥 물어오면
그 자리 털썩 앉을 것만 같은 날

내 슬픔에만 잠겨 있느라 너의 깊은 한숨에서
묻어나오는 아픔을 알지 못하고
나의 배고픈 허기만 달래느라 너의 쓰린 속을
보지도 못한다

끊임없이 늘어놓은 나의 알맹이 없는 말 말 말 중에

겹겹이 쌓인 물결을 뚫고 들어가
저수지 바닥에 박히는
주먹만 한 돌이 있었다는 것을

얼굴 가까이 내려온 밤하늘의 별빛에서 듣는

까만 밤

너만 하얗게 남는다

손끝이 아프다

잠든 눈을 뜨고 먼 산이 창문을 두드린다
부스스 몸을 일으켜 베란다 문을 밀고 나가니
뚝—

어젯밤까지 나를 보고 웃던 동백 꽃송이가
얼음 같은 바닥에 떨어져 있다

예고된 이별이건만
잘 가라는 그 흔한 인사말도 못하고
가뭇없이 보낸다

통화 연결 음만 남기고
그동안 행복했다는 차가운 메시지로 대신한
볼이 소녀 때처럼 유난히 붉던
오월에 떠난 J처럼

햇살에 드러난 눈물 자국
얼음 기둥 안고 쓰다듬는 아침

베인 손끝이 아프다

나팔꽃

그리움 담장을 타고
하늘을 오른다

싸맸던 마음 한껏 열고
너를 기다린다

얼마만큼 올라야
너를 만날 수 있을까

담장을 넘어도
떠난 너는 없다

너를 불러 보지만
이름은 이내
허공으로 흩어진다

바람은 불어 심장은 애달프고

그리움은

더 붉어지는데

얼마나 올라야

너를

볼 수 있을까

그리움

하루해 서산에 걸쳐 있는
저물녘

상당산성 저수지에
길게 드리우는 산 그림자

키가 자라 있는 것이
어디, 너뿐이랴

너를 담은 물빛 그리움

바람이 닿는 수면을 타고
일렁인다

그렁그렁
노을이 맺힌다

꽃자리

바람 따라 왔다가
바람 따라 갈
민들레에
꽃피울 자리 하나
내주는 일쯤이야

괜찮다, 괜찮아

이월의 안부

물을 수 없는 안부가 있다
잘 지내느냐고
요즘 어떻게 지내느냐고 묻고 싶은데
묻기 어색한 사이가 있다

만나지 못하는 기다림이 있다
같이 먹고 싶던 밥은 식고
떨림 속에 열었던 꽃봉오리는
빗방울에 접는다

두꺼운 이불을 덮은 별이 잠에서 깨어나고
회색빛 침묵의 터널을 지나온 바람이
나뭇가지를 스친다

기다리고 보냄은 이기적인 나를 위한 일

올 듯 말 듯 안개 속에 옆으로 서 있는

너를 보낸다, 부른다

밤은 깊고 느리다

나도 아프거든

보도블록

넌 그래도 괜찮지?
넌 참을성이 많으니까
너는 그런 나를 이해하니까

가슴에 쾅쾅 박히는 대못 같은 말들을
라면 면발처럼 부드럽고 모나지 않은 친구에게
수돗물처럼 쏟아 놓고

*수암골 골목길을 걷다가 알았다

너도 아파서
눈물 흘릴 때가 있다는 것을

그런 나를 담아내는 네가
곁에 있다는 것을

* 수암골 : 충북 청주시 상당구 수암골목 1번지

사랑은

사랑은 꽃잎입니다
한껏 흐드러지다가 금세 지고
진한 향기
오랜 기억 속에 묻히는

사랑은 꽃잎입니다
눈 속으로 아름답게 왔다가
시린 가슴을 지나 발밑으로 지고

다시
눈물로
피어나는

사랑은 꽃잎입니다

이끼가 산다

터진 솔기 사이로 허락 없이 스며든 이끼가
내 몸 각진 언저리
그늘지고 습지인 곳에 붙어 산다

기회만 생기면 자라나는 포자들
뱃속에서 나올 때부터 있던 습관처럼
어느새 한 몸이 되어버린 이끼

장맛비 내리는 7월이 오면
먹구름 몰고 온 하늘 아래서
검푸른 빛을 더 발한다

그것이 이끼 때문인지
반갑지 않게 몰려든 눅눅한 기운들 때문인지
모르는 채로

이끼가 산다

마지못해 내준 한 뼘의 밭에
시를 지을 수 있는

걸림돌을 만났을 때

앞만 보고 달려도 모자란 길
잠시 쉬어가도 괜찮아

빠르게 흐르는 경주 길이지만
자빠진 김에 쉬어가

좀처럼 용납하지 않던 일을
"그럴 수도 있지" 라는 말을 하며
가야 할 때가 있어

너 아닌 사람 가슴으로 느끼고
너 자신을 바라봐

혼자서만 짐 지려 하는 건 아닌지
몸에 맞지 않는 옷을 입고 있지는 않은지

바빠서 미루어 두었던
친구의 목소리도 들어보고
하늘 바라보며 숨을 고르는 거야

앞만 보고 달려야 할 길에
걸림돌을 만났을 때

그래,
잠시 쉬어가도 괜찮아

연잎에 핀 물방울

청주 박물관 계단에 놓인 물 항아리에
물방울이 연잎에 얌전히 자리 잡고 있다

얼굴 가까이 물방울을 들여다보니
연잎에 난 생채기를 감싸고 있는 게 아닌가

아 인연이란

연잎에 새겨진 아픔을 보듬고 감싸 안다가
감당 못 할 바람이라도 불면
있던 자리 흔들림으로
뒤돌아 멀어질 수 있는
연잎 위에 핀 물방울 같은 것

잡아 두고 싶은 마음에 대궁 더 곧추세우다

차갑게 지고야 마는 물방울

연잎은 그리움에 몸 담그고 산다

유월의 정오

한 평의 땅에도 발 둘 곳 없는 중년의 사내가
늘어나는 소주병에 하루 품을 팔고
청천 야영장 평상에 앉아 있다

살 타듯 지나온 통증의 날과 앞으로 가야 할
키를 누르는 절벽 같은 날이
밀린 월세 단칸방보다 가쁘고 숨 막히는 무게로
밀려오는 유월의 정오

달아오른 술기운보다 붉고 소주보다 쓴 성난 상처에
내민 손 뿌리치고 소주를 붓는다

잿빛 가득한 파란 하늘 아래로 뚝뚝 떨어지는
초록 물을 담고 흐르는 시냇물이

그의 시름 씻겨 내가길

엱 평상에 앉아 바라보는 유월의 정오

불면의 밤

달아오르는 얼굴로 흐르는
식은땀에 차가운 몸 앓이 한다
푸른 핏물로 가득 차 있던 강물은 마르고
메마른 붉은 속살을 드러낸다

사방에 CCTV 녹화 중
붉은 눈을 깜박이며 감시해도
제 마음 하나 다스리지 못한 사람들은
카메라 안 분노의 세상에 불화살을 쏘아댄다

치료제 없는 바이러스가
실핏줄로 이어진 전파를 타고
숨통을 조여 온다

작았다가 높았다가 끊임없이 들리는 이명
쌓았던 건물을 허무는 쇠뭉치와
자동차 바퀴 밑 통증이 찾아온다

여백 없는 오늘을 살다 성질만 남은
중년의 아줌마 같은 지구가
호르몬제 처방이나 적극적 관리가 필요한
폐경기를 앓으며 불면의 밤을 지나고 있다

풀 향기

가을 들녘에 서 있는 갈대나
마른 풀숲에서 향기가 난다

수분 없이 바싹 메말라
세상 다 놓고
바람 따라 있을 것 같은 풀숲에
가까이 가 보면 숨소리가 들리고
말소리도 들리고 향기도 난다

코끝 대고 지그시 눈을 감아
향기를 들이키면
서로 몸 부딪히면서 베었던
풀의 진한 향기가 난다

풀의 향기가 심장을 통해

새살 오르는

내 상처에 닿는다

의자가 놓여 있습니다

서로의 얼굴을
웃는 눈길로 감싸며 앉아 있다가도
미울 때 그 모습 그대로 앉아 있기도 합니다

너무 멀리 있어,
다시 보기 힘든 사람이 등장하여
앉아 있을 때가 있고
인사조차 서먹하여 스치듯 보내야 했던 사람이
앉아 있기도 합니다

어느 때는
덩그러니 나 홀로 앉아
길 지나가는 사람들의 발걸음 소리에 귀 기울입니다

의자가 놓여 있습니다
당신은 어떤 모습으로 오고 있나요

첫사랑

풀은 시들고

꽃은 지고

잎은 떨어져

세월은 덧없이 흐른 데도

당신에 대한 나의 사랑

첫눈 같기를

두 손 모아 기도하는

새벽녘

2부 살아 있어서 꽃이다

살아 있어서 꽃이다

비 오고 바람 불어야 꽃이 핀다
넘어져도 그게 끝은 아니다

먹구름 몰고 온 비 내리는 하늘도
구름 걷히면 밝은 햇살 있다

잘 견디는 꽃에
따뜻한 눈인사 보내자

시선 머문 꽃에 이름 불러 주며
두 손 잡아 주자

살아 있어서 꽃이다

본다

가경천 물속에서 발버둥 치고 있는
청둥오리의 발을
베란다에 활짝 핀 군자란의 겨울을
하늘을 향해 서 있는 나무의 뿌리를
침묵하는 사람의 수많은 외침을

당신을 향해 흐르는 물길이고
당신을 향해 고개 드는 해바라기임에도
침묵하고 있는
해가 떴는데도 날이 흐리고
별이 있어도 캄캄해서
보이지 않는
당신의 마음을

풀꽃

길섶 후미진 곳에 꽃이 핀다

봄눈 녹이고 꽃이 핀다

작고 소박한 얼굴 들어
소리 없이 웃어 반기는
고향 누이를 닮은
꽃

그런 너에게
시선이 머문다

이불 털기

파닥파닥
무겁게 쌓여 가는 게으름을 털어낸다

파닥파닥
한 꺼풀 두 꺼풀 덧씌운 가면을 벗겨낸다

파닥파닥
밤마다 자라나는 헛된 욕망의 싹을 잘라낸다

그리고 이제 다시는
어둠의 그림자가 숨지 못하도록
하루 분량의 햇빛에 알몸을 내맡긴다

몸살

나뭇가지 잔바람 일며 내리는 겨울비 속에서
한껏 웅크리고 고개 숙인 채
불 달군 가슴을 못내 펴지 못하던
뼈아픈 통증의 늪을 지나면

앞뒤 없이 뒤죽박죽된 머릿속이 정리되고
일상 속의 소소한 것에 대한 감사가
꽃처럼 살아나네

탱탱하게 잡고 있던 것을
주저함 없이 놓아버리니

손 놓고 내려앉아 뒹구는 낙엽처럼
비움의 가벼움이 새털구름 되어
하늘을 날기도 하네

어찌

길가
돌 틈에 핀
제비꽃 한 송이
허리 굽혀
보라색 꽃물 들이지 못하고

어찌

꽃을 말하고
사랑을 말할까

들꽃

들꽃이면 어떠리
길 가던 당신이 눈 맞춰 주고 웃어 준다면
그것으로 좋으리

들꽃이면 어떠리
내뿜는 은은한 향내 코 가까이 맡아 주고
뛰는 심장 소리 귀 울리는 가슴에 대고
가슴 함께 울려 준다면
그것으로 더 좋으리

칠월의 안부

한바탕 내리는 소나기에
개천에는 큰물이 흐르고
빗물이 닿은 짙어진 초록 잎에
내 얼굴이 비친다

새들은 낮은 하늘을 무리 지어 날고
사람들은 우산을 쓰고 분주히
제 갈 길로 간다

톡톡 톡
펼친 우산 위로 떨어지는 빗물에
문뜩
소나기 같은 안부가 궁금하다

이전에 계획한 일은 잘하고 있는지
요즘은 무엇이 웃음 짓게 하는지

한 계절 우산 나누어 쓰다가

젖어든 비에

냇물이 되어 흘러간 사람의

안부를 묻는다

기도

오늘도 나는
너를 위한 기도를
하늘에 올린다

언제나 건강하기를
끝까지 사랑하기를
더욱 행복하기를

그래야 내가
웃을 수 있으니까

커피를 마신다

근원을 알 수 없는 달빛 그리움
몽롱한 아침을 맞을 때
커피를 마신다

잠 못 들도록 분사된 상념들
힘없이 움켜진 미련의 길을
돌고 돌아 제자리로 왔을 때
커피를 마신다

당신을 향해 난 외길을
걷고 또 걸어야 했을 때
창문을 활짝 열어 가을 찬바람을 들이키고
G 선상의 아리아를 들으며
커피를 마신다

바이올린 닮은 커피가
목젖을 타고 선율과 함께 흐른다

바닷가에서

당신이 없으면 나는
갈라진 저수지 바닥처럼
딱딱하게 굳고 메마른 사람임을

당신 때문에 나는
순간순간을 샘물 넘치듯 살 수 있음을

세상으로 향했던
눈과 귀가 닫힌 다음에야
비로소 보이는

나를 향한 당신의 사랑

물 빠진 제부도 바닷가에서
다시금
마음 길에 새깁니다

참 예쁘다

작은 얼굴 하늘 가까이 드리우고
청초하게 피어나는
연꽃

탁류로 고인 먹물 같은 물속에서
난초 같은 꽃잎으로
핀다

앞을 볼 수 없도록 굽이치는 물살을
꽃과 열매로 맺기 위해
숨 고르며 견딘
연꽃

부딪혀 오는 파도 속에서 희망을 찾아

간절한 소망의 꽃으로 핀

너를 닮은 연꽃이

참

예쁘다

성

당신과 나 사이에 성이 있다
그 성은 단단하고 높아서 힘겨운 장벽으로
다가온다

성을 넘어야 당신을 만날 수 있는 나는
힘쓰고 때 쓰다가 포기하려 한다

그러다가 알았다
성에 매달려 억지로 넘으려 하면 할수록
성은 더 단단해지고 높아진다는 것을

그 성은 내 안에 나를 조각조각 내려놓고
몸을 가볍게 해야 넘을 수 있다는 것을 알았다
그래야 날아오를 수 있으니까

헌데 당신은
맘만 먹으면 그 성을 넘어서
언제나 내게 올 수 있다는 것도 알았다

그런 당신은
내가 가벼워지기를 바라보며
기다리고 있었던 것이다

기쁜 꽃

베란다 귀퉁이를 묵묵히 지키던
군자란 꽃봉오리가 올라온다

주인의 손길이라고는 시들 만하면
가끔 주는 물뿐이었는데
겨우내
새로운 뿌리를 내리고
든든한 꽃대를 만들어 꽃을 피운다

세상 바람과 굽이치는 물살로
이리저리 눈치 살피며 주춤거리는
플라스틱 화분 속의 나

나의 향기 내뿜으며

나의 색으로 주변 꽃과 어우러지는

봄빛 아래 기쁨으로 활짝 피는 꽃이길

내 가는 길에 길라잡이이길

살 시린 겨울

발끝까지 꾸욱 힘을 준다

내 짐 다시 어깨에 메고

크고 무거운 짐 버거워 쓰러질 것 같은 길에
가던 길 지쳐서 주저앉아 울고 싶은 길에
달맞이꽃이 피어 있다

달빛을 잊지 않고 기다리는 꽃은
자꾸만 뒤쪽으로 몸 기우는 나에게

그 짐 질 수 있다고
넉넉히 질 수 있다고
너를 물들이던 빛을 떠올리며
앞을 보고 가라고

보기만 해도 예쁜 꽃
너를 응원하는 노래
날마다 새롭게 열리는 창에
몸 싣고 가라고

나를 위한 노란 기도를 한다
엄마 품에 안긴 아이 같은 얼굴로

담쟁이

가로막힌 벽이

담쟁이에는 길이 됩니다

사막을 가는 당신은 지금

어디를 보고 걷고 있나요

어떤 상황에도 포기하지 않는 삶은 아름다워요

손을 내미세요

무릎 꿇어야만 잡을 수 있는 손이라도

잡은 손은 당신에게

위로와 걸어갈 힘을 줍니다

웃어 주세요

낮의 햇살에

비지땀을 식히는 바람에

밤하늘의 별빛에

벽은

벽이 아니니까요

겨울

당신을 기다리는
긴긴밤에
노래하는
악보 위의 쉼표

당신을 만나러
가는 길에
새겨진
내
발자국

밤나무

아무도 깨지 않은 새벽을
낮으로 사는

뿌리째 뽑히는 태풍이 불어와도 잎은
떨구지 않는

바늘 찔리듯 떨고 지탱하고 있는 다리에
힘을 주는 아픔을 속울음으로 참는

험한 산을 넘는 고비의 나이테를
촘촘히 두르고 서 있는

둥지를 지키면서도 때로는

새처럼 날고 싶은

아버지가

있다

안부

지붕까지 내려앉은
별들이
외눈 깜박이며
안부를 물어오는 밤

어딘가에서
두 눈 깜박이며
잠 못 들고 있을 너에게
별빛 안부를 건넨다

삶

사람은 그릇을
채우기도 하고
비우기도 하고
닦기도 하고
깨지지 않도록 애를 씁니다

하지만

자신 스스로
구정물을 담기도 하고
깨지면 새로운 그릇이 되기도 합니다

3부 한 줌의 힘

한 줌의 힘

흙 한 줌

별 한 줌

봄비 한 줌에 피는

민들레는

바람 한 줌으로

노랗게 물들일 벌판으로 갑니다

한 줌의 기도

한 줌의 시

한 줌의 미소

한 줌의 눈물로

세상은 환해집니다

움파

사골 한 솥 고아 놓고
움파를 썬다

김장 무렵에 회인 사시는 어머니가
비료 포대 한가득 담아 주셨다

뒤 베란다에 놓고
뽑아 먹고 베어 먹다가
설이 다가올 즈음
움파를 먹는다

뽀얀 속살이 오른 움파

구멍 숭숭 남기며 고아낸
사골 국물 한 사발에
썬 움파 한 움큼을 넣는다

국물 머금은 입안에

하얀 파꽃이 몽글몽글 핀다

절뚝거리며 오르내리셨을

*아미산 언덕배기 밭에 핀

파꽃이

*아미산 : 충북 보은군 회인면에 있는 앞산

두 그림자

작은아들 저 세상에 먼저 보내고
혼자 사시는 엄마에게
기둥이던 큰아들 앞세우고 홀로 사시는 어르신의
이야기를 듣는다

빛을 삼키는 방문을 열고 날마다
힘줄 돋은 손으로 수레 끌고 집을 나선다는 어르신은

폐지 줍는 일이 당신 삶에 위로라고
물 말아 먹는 세끼 밥이 복에 겹다고
굳어진 가슴을 다독이신다고

쌓아올리는 미련未練의 무게가
산더미처럼 실리고
중심을 잃은 짐을 다시 추슬러
쓰러질 것만 같은 수레를 끌고 다닌다고
안쓰러워하신다

엄마 얼굴 기억 못 하고
남편과 아들이 사십 중반도 못 넘기고 가는 것을
지켜봐야 했던 엄마가 더 불쌍해 보이는데
나는 예수님 믿으니 괜찮다 외롭지 않다
말씀하시는 엄마의 모습에서
어르신의 희미한 그림자가 얹힌다

비켜 엇갈려 걷고 싶은 길에
수레 위의 짐 끌며 가는
두 그림자 있다

추석

젖살도 빠지지 않은 나이에
객지에 나가 돈 벌어
명절 때마다 꼬까신, 꼬까옷
사 들고
동네 어귀로 들어오던

울 언니, 오빠
생각이

추석이 오면
보름달처럼 더 부풀어
오른다

밴댕이

중2 때 떠나온 고향 청양장에서 사온 밴댕이
햇살 머금은 봄바람에 비들비들 말린다
텃밭에 올라온 마늘잎 잘라 넣고
간장 국물에 고춧가루 풀어
자글자글 지진다
둥그런 밥상에 둘러앉아
손바닥에 올린 상추에 밥 한 숟가락 올리고
밴댕이 조림 국물 한 숟가락 떠 넣는다
두 손으로 잡고 볼 터질 듯 먹는
한입 가득 퍼지는 맛
엄마와 아버지의 비릿한 추억을 삼킨다

엄마꽃

곁가지에 양분 내주면서
절뚝거리는 계단에
등 굽은 부엌에
애벌레처럼 몸 접은 방에 피어
몸 주름 가득 메워 가지만
자주 안부 묻고
찾아와
온몸 안아 주는 자식이 있어

꽃은 마냥
웃음 짓는다
큰딸 막내딸이 해 준
윗니 아랫니 활짝 드러내며

빈대떡

정구지 넣은 밀가루 반죽을
달군 프라이팬에 지글지글 익힌다

고소하게 구운 전을 크고 예쁜 접시에 담아
하루치 우리 식구 밥값의 대가를 치르고 온
남편의 식탁에 올린다

밥보다 빈대떡을 좋아하는 남편의 입가에
반달 모양의 미소가 번진다

나뭇가지로 부는 바람에
달랑거리며 매달려 있던 나뭇잎이
우려했던 일이 현실이 된 실직과
이력서에 올리지도 못할 몇 번의 이직을 하다가
예기치 않게 내민 손 잡고 다시 싹이 돋는다

여보!

당신이 좋아하는 이 빈대떡 반죽처럼

어우러져 맛이 나는 부부가 되자

허기진 사람들의 배를 채워 주는 부부로 살자

구름 한 조각 풀 한 포기가

새롭게 보이고 소중하게 느껴지는 저녁

빈대떡 한 접시가 금세 비워져 간다

9월이 오면

흐드러지던 봄꽃을 뒤로하고 숨 막히던 여름 한낮을 견디고
하늘 뚫린 듯 퍼붓던 빗길을 지나 이리저리 흩어졌던
마음을 추스르며 9월이 왔다 9월이 오면,
고향 집에 가고 싶다

저녁 어스름 굴뚝에 흰 연기 뿜어져 나오고 대문에
들어서면 강아지 꼬리 치며 나를 향해 달려와 주었으면
좋겠다 부엌 아궁이에 불 지피시던 어머니 두 팔 벌려
반가이 맞아 주시고 어머니가 차려 주신 둥그런 밥상에
있는 애고추 조림, 가지무침, 애호박전과 밥 위에 찐
호박잎을 강된장에 싸서 먹고 싶다 저녁상을 물리고
마루에 앉아 이 별은 무슨 별 저 별은 무슨 별 하며
식구들과 도란도란 얘기 나누었으면 좋겠다

그 밤이, 소리 높여 우는 풀벌레 소리에 잠 못 드는
밤이어도 좋으리

시냇물이 달을 품고 흐르듯 산천이 계절을 품고 흐르듯
흘러야 했던 내 젊은 어머니의 품이 있는 유년의 뜨락 9월,
나에게 주어질 하루하루가 그렇게 흘렀으면 9월이 그렇게
깊어 갔으면 좋겠다
· · · 또르르 또르르

월악산의 오월

뼛속 시리게 하는 월악산 속 맑은 바람이
어깨까지 쌓였던 시멘트 가루를
뒷걸음으로 멀어지게 한다

손끝 시린 투명한 계곡 물은
세월진 얼굴 부끄러워
물 주름을 만들게 한다

나무들이 연초록의 옷을 입는 이때쯤이면
고향 보리밭의 보리도 많이 자라 있겠지

내뿜는 냄새가 보리밭에서 함께 뛰놀던
어릴 적 동무들을 그리게 한다

욕심 없이 우는 이 새 소리가
옛 동무들에게 들린다면
추억의 보따리 가득 안고 찾아와 주었으면

메아리가 울린다

어제와 별다를 것 없는

구름 한 점 없는 가을 오후
중앙도서관으로 가는 50-1번 버스를 탄다

문이 닫히자마자 덜컹거리며 출발하는 버스
차창 밖 할인 광고를 내 달은 상가
눈길만 닿아도 싱그러운 젊은이
단풍잎 색으로 차려입고 화장한 어르신

하나둘 오르며 카드를 찍고
달아나듯 내리는 사람

제각기
이어폰을 꽂고 제목 모르는 음악을 듣거나
손에 익은 습관처럼 핸드폰을 만지거나
몰려온 생각에 잠겨 있는 사람

어제와 별다를 것 없는

나의 풍경 속 밑그림에

언제나

네 얼굴이 그려지듯이

너에게 나도

있는 거니

의자에 대하여

가던 길 멈추고
그늘지고 산들바람이 부는 의자에 앉는다

등을 비스듬히 구부려
나의 등을 껴안는 의자
의자에 들고 있던 짐 잠시 내려놓는다

의자에서 바라본 하늘의 흰 구름이
저수지 물속에서 주춤거리다 흐르곤 한다

어떤 의자에는
꽃으로 피지 못하는 상처들이
검은 비닐봉지에 묶여 놓여 있다

미처 눈치 채지 못한,
나와 상관없는 변명으로 의자 곁을 지나는 사람

같을 수 없는 계절의 옷을 입고 왔다가
3인칭의 말을 뱉어 놓고 제 갈 길을 가는 사람

그리고 그들 속에 나

남겨진 의자의 등 위에
몸 구부린 저녁 해가 초록 바람으로 내린다
앉았던 자리에 씀바귀 꽃이 핀다

바람의 안부

바람이 너 있는 곳에서 일면 나는 꽃잎으로

바람이 나 있는 곳에서 일면 네가 꽃잎으로

바라만 봐도 꽃이 되고 생각만 해도 향기가 되는

함께 바라볼 줄 아는 사람들의 하늘빛은

흐리지 않다

낙엽

간밤

부는 바람에

떨

어

지

는 나뭇잎처럼

소용없는 다툼

진보 없는 불평

밥값도 못 되는 동정심

떨

구

어

냈으리

꽃 1

보아 주는 이 없고
향기 맡아 주는 이 없는
나 홀로 핀 꽃에

귀 기울여 주고
웃음꽃 피워 주는 당신은
진정 아름다운 꽃이다

꽃 2

그리움 향기 되어 바람을 타고
너에게 닿으면
너는 꽃으로 다시 피어난다

떨어지는 나뭇잎도 따뜻한
너의 심장에 담으면
꽃이 되어 피어난다

가경천에 핀 꽃

길 지나던 백발의 어르신
지붕 있는 평상 기둥에 등을 대고 앉는다
곁에서 함께 걷던 지팡이도 덩달아 쉬어 간다

둑에 핀 살구꽃, 개나리꽃
길옆 아파트 화단에 산수유와 백목련이 흐드러지고
사람들이 지나는 발밑에도
제비꽃, 봄까치꽃, 민들레, 별꽃이
무리 지어 작고 앳된 얼굴을 내밀고 있다

재잘거리며 엄마 손잡고 걷는 아이
주인의 손에 잡힌 목줄을 따라 걷는 애완견
개천 건너에서 달리는 자동차
어제 흘렀던 가경천이
꽃길을 따라 걷고 달리고 흐른다

평상 위에 앉아 있던 할머니의 눈과 귀가
이들을 따라
기억 속의 봄길로 굽이굽이 가다가
물오른 푸릇한 봄날에 머문다

평상 위에 하얀 꽃이 핀다

열매 맺는 계절

민들레 피는 꽃길 따라
봄이 걸어온다

어제의 엇갈리고 풀 죽은 아쉬움은
흐르는 실개천에 떠나보내고
열매 맺는 계절을 위해
다시 싹을 틔우고 꽃을 피우라고
말을 한다

멈출 것 같지 않은 장맛비와
숨 막히는 여름 한낮의 시름도
두 팔 가득 안아
눈물 함께 흘려 줄 거라고
풀잎 향기 머금고 말하는 봄

움츠린 나뭇가지 떨게 하던 바람은
잔잔하고 햇살 눈부시게 내린다

손 하나

비탈길에 섰을 때

얼음같이 차가워진 손 녹이는
손 하나 있다는 것
마주 잡아 주는 손 하나 있다는 것

막다른 길에 섰을 때

처진 어깨
토닥여 주는 손 하나 있다는 것
휑한 빈 가슴
안아 주는 손 하나 있다는 것

그런 손 하나 된다는 것

냇물

집 앞 가경천에 나가

가만히
몸을 낮추고
고개를 숙여
냇물을 바라보니

내가
내 옆에 서 있는 나무가
내 머리 위의 하늘이
함께 보입니다

물길 끝에 있는
바다가 보입니다

4부 **마중**

마중

간다

돌담 밑에 웅크렸던 회색빛 계절을 지나

너와 나 사이에 쌓은 담을 허물고

얼음 녹은 강을 건너

새들이 지저귀고 꽃이 피는 봄으로

가을 인연

물들어 가는 단풍잎 보며
커피숍 야외 테라스에 앉아
카페모카 한 잔 마시며
개콘 유머 따라 까르르 웃기도 하고
작은 고민에 긴 한숨도 같이할 수 있는
친구와 함께 있는 가을날
우리의 인연은
낙엽을 닮았으면 좋겠네
바람에 떨어진
비에 젖은 낙엽처럼
같은 뜻 같은 마음 품는 인연
붉은 향기
봄철에도 기억되는 인연
다시 올 가을을 위해
잡은 손 놓지 않는 인연
계절과 함께 흐르는 인연
그런 인연이었으면 좋겠네

민들레처럼

갈라진 틈에 핀 민들레처럼
후미진 자리 굴하지 않는
사랑을 해요

더불어 피는 꽃송이처럼
서로 보듬고 품는 사랑을 해요

발밑에 핀 민들레처럼
허리 굽혀 낮추는 사랑을 해요

홀씨 되어 날아가는 민들레처럼
주어도 아깝지 않은 사랑을 해요

민들레 같은 사랑 남을 수 있도록
우리
그런 사랑을 해요

하롱베이에 물드는 단풍

물줄기 따라 졸졸 흐르는 가경천
내 집 앞을 지나
갈대밭으로 둘러싸인 무심천과 함께
서쪽 바다로 간다
둑에 몸 기대고 서 있는 나무
이른 봄 꽃봉오리 틔우던 가지에 꽃보다 붉은 단풍 물들어
뭇사람의 마음에 물을 들인다
남편을 잃고 미친 듯 걷던 미망인이
다시 살아갈 힘을 얻고
산소 같은 희망을 품고 나온 암 환자를 보듬고 안아
숨통이 되는 가경천
걷는 사람들의 모습도 단풍잎이다
단풍 든 나무 배경 삼아 찍는
정문 씨 가족의 웃음소리 바람에 실려
나이 어린 베트남 아내의 고향 하늘에 닿는다
아이들 물수제비뜨는 소리가 정겹고

이 동네 저 동네 이어 주는 돌다리가 있는 가경천이
한 번도 가 본 적 없는
네 살배기 소리 엄마 나라와
징검다리 놓는다

담장 밑 동거

얼음 바람 부는 봄날
짚 덤불 아래 함께 앉아

작은 나의 어깨 내어 줄 수 있음에
있었음에

기운 어깨 내어 맡길 수 있음에
있었음에

혼자여도 외롭지 않고
함께여서 힘들지 않다

함께 바라보는 봄빛이
두 얼굴에 내린다

늦게 핀 꽃

아파트 담장에 가을 장미가 펴요
담백해진 향기 머금고
말갛게 펴요

푸른 햇살 아래
고개를 까닥이며 노래를 해요

늦게 핀 꽃은 늦게 지리니
꽃잎에 와 입 맞추라
너도 꽃이 되리니

아직 늦지 않았다

늦게 핀 꽃은 늦게 지리니
꽃잎에 와 입 맞추라
너도 꽃이 되리니

나도 꽃

못다 이룬 봄의 꿈길 위에
키 작은 꽃 하나
다부지게 펴요

초가을이 올 때쯤

누가 나에게

너에 관해 묻는다면

나는 너를

맥문동 꽃이라 말하고 싶어

하늘을 향해서

올곧게 서 있으려 하는

맥문동 꽃과 많이도 닮았거든

누가 나에게

너에 관해 묻는다면

나는 너를

해바라기 꽃이라 말하고 싶어

자신의 무게는 아랑곳하지 않고

하늘을 바라보며

열매 가득 메워 가는 모습이

해바라기와 많이도 닮았거든

누가 나에게
너에 관해 묻는다면
나는 너를
백일홍 꽃이라 말하고 싶어
멀리서도 금방 알아볼 수 있도록
활짝 웃는 선명한 웃음이
백일홍 꽃과 많이도 닮았거든

누가 나에게
너에 관해 묻는다면
나는 너를
국화꽃이라 말하고 싶어
꽃잎보다도 향기에 더 많이 끌리게 하는
국화와 많이도 닮았거든

당신 때문에

나와 함께 잡은 손

벼랑에서 놓지 않고

그럼에도 견디고

그럼에도 웃는

당신에게

하는

속엣말

당신 때문에

세상 살아갈 맛이 조금 더 생겼습니다

해바라기

들길에 꽃이 피었습니다
텃밭 두엄 옆에 꽃이 피고
예배당 모퉁이에도 꽃이 피었습니다

꽃들이 재촉하여 새벽이슬 털어내고
둥그런 얼굴 길게 들어
당신을 바라봅니다

갑작스러운 장대비에 멍이 들고
세찬 바람에 몸이 휘청거려도
쓰러지지 않는 것은
당신이 있기 때문입니다

당신을 바라보며

어둠을 견디고 기다리던 꽃들이

그리움으로 알알이 여물어 갑니다

너에게 물들다

가만히 있다가도
네 이름이
가슴에서 일렁이면
나는 금세
단풍잎처럼 물이 든다

별것 아니지 하다가도
네 얼굴이
가슴에서 일렁이면
단풍은 어느새
네 얼굴로 피어 있다

가경천에서

빈 몸으로 나가 둑길을 걷기만 해도
계절은 온몸으로 온다

붉게 물든 살구나무와 상수리나무 사이를
오고 가며 나는
새들의 소리가 귀를 맑게 하고
내리는 볕 살갗에 닿아
잠자던 세포가 살아나게 한다

봄도 아닌데 핀 발밑의 민들레
웃을 일 별로 없는 세상을 사는
길 지나는 사람의 얼굴에 흐뭇한 미소를
짓게 한다

머리 위에 피어 있는 가을 장미
가시도 꽃이 될 수 있음을 본다

돌담을 타던 담쟁이 붉게 물들어
벽을 오르는 것도 아름다움이 되는 것을
알게 한다

가을 소식 사진기에 담아
친구들과 나누는 덤도 주는 가경천에
나의 행복이 포개진다

당신 덕분입니다

숨 가쁘게 뛰어오르던 계단 멈추고
있는 자리 만족할 수 있음은

밥 세끼, 커피 한 잔에
하루를 감사할 수 있음은

남과 비교하여 못났다고 생각한 내가
살아갈 의미를 가질 수 있음은

잦은 병치레와 가시 몇 개 지니고 살면서도
아름답고 더 멋지게 살고 싶어지는 건

그리 살까

눈이 오면
하루 한나절이라도 쉬어 갈 수 있는
나뭇등걸로

비가 오면
지붕에 내리는 빗물 담아내는
처마 밑으로

바람 불면
스스럼없이 심장 함께 흔들리는
은사시나무 잎사귀로

햇볕 좋으면
아무 걱정도 없이 함께 졸아도 좋을
앞 베란다 화초로

모퉁이에서

피하지 못하는 아픔이 찾아올 때
알게 되는

안부가 궁금한 사람
안부를 물어오는 사람이 있다는 거

'사랑이 있기나 하는 걸까' 하고 생각하다가도
조심스레 물어오는 안부에 눈물짓고
생각나는 얼굴에 그리움 인다

가슴 따뜻하게 하는 말 별거 있을까
"괜찮니?"
"그래, 많이 아프겠다."
"기도할게"
"잘 이겨내" 라는 말

시간은 잠시 멈추고 땅속에서 흐르지만
커피숍에 있는 유자차처럼

모퉁이에서
마음 함께 나누는 사람이 있다는 거
모퉁이에서
속을 다스려 주는 구절초 꽃 같은 네가 있다는 거

너에게 말 걸기

– 『나도 그래』 출간에 부쳐 –

이영숙 시인

이종화 시인은 충남 청양에서 태어났다. 2013년 계간 『창조문학』 으로 등단해서 현재 전국 비존재 동인, 청주 비존재 동인으로 활동 중이다. 시력詩歷은 길지 않지만 삶의 양상이 시이며 시로 살아가는 식물성 감성을 지닌 시인이다.

이 시인과의 만남은 교회 신문 편집 일을 하면서 시작하였는데, 당시 감수성이 뛰어난 이 시인에게 "시를 써 보라" 고 한 나의 말이 촉발점이 되어 글을 쓰기 시작하였다고 한다. 이번 시집은 그동안 SNS에 올렸던 사진과 글을 모아 출간한다고 한다. 하루 일과를 마치고 잠자리에 누웠을 때 위로를 주고, 나도 책을 출간하고 싶다는 동기를 독자에게 부여하고 싶다는 말도 전했다.

이 시인에게 자연은 성전이며 고향은 종교이다. 시의 전반을 이루는 소재가 자연의 것들이며 고향 산천에 얽힌 추억들이기 때문이다. 시인뿐만 아니라 대개는 누구나 자기가 태어난 곳의 물질 이미지를 잠재태로 안고 살아간다. 그것은 영혼을 구성하는 주요 이미지로

작용한다.

이종화 시인의 삶은 고여 있는 우물이나 저수지에 담기기도 하며 흐르는 냇물이며 강물이다. 늘 유연한 사고로 길 트기를 하며 함께 있는 주변인들을 물 흐르듯 흐르게 하는 마력이 있다. 그리고 그 마력은 따뜻한 화롯불처럼 가슴까지 훈훈하게 덥힌다.

낮고 자잘한 일상의 것들에서 의미를 발견해 온 이종화 시인의 성찰은 시 「그리 살까」로 합의점을 도출한다. 눈이 오면 쉬어 갈 수 있는 나뭇등걸로, 비가 오면 빗물을 담아내는 처마 밑으로, 바람 불면 심장 함께 흔들리는 은사시나무 잎사귀로, 햇볕 좋으면 걱정 없이 조는 앞 베란다 화초로, 그리 유동성을 지니겠다는 의미이다. 자칫하면 자동화된 노예 도덕으로 볼 수 있지만, 아름다운 세상을 위해 함께 '섬김의 자리'를 만들자는 메시지다.

이종화 시인의 시들은 일상을 바라보는 관념시라고 할 수 있다. 자잘한 메타포로 독자들의 개입을 자유자재로 허용하는 의도적인 교란은 적지만, 행간을 따라 물 흐르듯 리듬을 타다 보면 시인이 지향하는 삶의 주제를 목도한다.

이종화 시인의 시 세계는 '본다, 물든다, 말하다'로 이어지는 구조를 띤다. 그의 화법은 마음에 말 걸기, 너에게 말 걸기, 우리에게 말 걸기 형식이다. 강물 이미지에서 서정성으로 감각적인 문체들을 길어 올리고 의자와 같은 무정물에서는 과거로부터 현재로 이어지는 서사를 풀어놓는다. 그것은 이 시인의 신앙에서 비롯된 것이기도 하다.

이 시인의 삶 자체도 늘 배려의 등불을 달고 다니는 삶이다. 대니얼 고틀립은 근심이나 불안, 감성도 전이된다고 말한다. 이 시인과 함께 있으면 땅의 사람으로서의 근심을 내려놓고 하늘의 소망과 실낙원에 대한 향수를 갖게 된다.

이 시인은 평소 자잘한 것들을 자세히 관찰하고 사진으로 남기는 버릇이 있다. 그 피사체의 초점은 중심부에서 벗어난 이끼와 강아지풀같이 키 작은 것들이다. 이 시인의 시점은 변두리성으로 경계 지은 것들에 대한 성찰이며 일상에 묻혀 조명되지 못한 의자 같은 소품들에 있다. 이 시인의 눈길이 머무는 곳엔 언제나 셔터가 터지고 꽃불이 탄다. 카메라 렌즈에서 새롭게 해석되는 순간이다. 아무리 후미진 곳에 놓인 의자라도 시인의 손끝에서 새롭게 조명되며 그녀가 카메라를 들고 말을 거는 순간 강아지풀마저도 '나도 그렇다' 며 위로하는 것이다.

이종화 시인이 꿈꾸는 세상은 '손 하나' 내어 주며 '나도 그래' 끄덕여 주는 세상이다. 그 과정이 너에게 물드는 과정이며 함께 가는 길이다. 그것이 저녁 햇빛 내려앉는 의자에 앉아 서로의 상처를 치유하는 길이며 본향本鄕으로 향하는 이 시인의 시업詩業인 것이다.